KB132155

저녁이 쉽게 오는 사람에게

이사라 시집

문학동네시인선 105 이사라

# 저녁이 쉽게 오는 사람에게

## 시인의 말

늘 해질 무렵이었다.

새살이 돋아야 했던 기억들

항상 그때였다.

상처가 있는데 안 아프다고
상처가 없는데 아프다고

생각이 물들 때까지
참 오래 걸렸다.

이제 가볍게 집으로 간다.


2018년 5월
이사라

# 차례

**4부** 잠 속에서도 잠만 잤다

# 1부
사람은 어떻게 그렇게 이별이 아플 수 있을까

## 황무지

죽도록 달려도
사람은 안 보이는 그곳이
황무지인데

아직 네가 찾지 않은 내가 황무지이듯

아직 내가 돌보지 않은 네 마음
아직 내가 손대지 않은 네 몸
아직 내가 눈 마주치지 않은 네 세상

우리가 아직 못 만났어도
그늘만이 뜨고 지는 곳이지만

그렇게 황무지는 버려진 곳이 아니어서

우리가 드디어 만났어도
끝 모를 풍화만이 가득할

그 세상에서

보이지 않는 것들이 뒤엉겨 켜켜이 함께 살아가고 있을
그 세상에서

네가 찾은 황무지가 나이기를

# 살

그래 살아 있었던 기억

만져지는 것들이 언제나 꿈속 구름이었어

다정한 너를 두고

나는 구름의 헛것처럼
세상을 더듬었나봐

몰캉몰캉 세상의 살들은
다 어디로 갔을까?

지금 살 대신 뼈들이 뒹군다며
너는 나를 흔들어 깨우는데

그래 나는 살았었나봐

# 인연

서로 존재하고 있다는 것은 그렇지

처음에는
없는 것이 생겼다가
다시 없어졌다가
그래도 남아 있는 모래언덕처럼

우리는 조용한 모래 꿈꾸는 모래였지

고요한 곳에서 혼자 멈춰 있던 고운 입자
바람과 만나야 살아나서
둘이어야 춤추게 되어서
그러다가도
또 바람 때문에 모든 것이 부서져서
오랜 시간 속에서 곱게 다듬어져
안 보이는 손에 의해 의미를 가지다가

바람과 모래의 인연이 우리를 여기로 불렀지

이렇게 함께 겪는다는 것이
또 어렵사리 처음이 되는 것이지

## 사람 하나

단 한 사람이면
되는 일이었지요

그대가 살아가는 오늘
겹겹이 쌓이는 구름 사이로
언뜻
사람 하나가 어른거립니다

마치 천만 년을 기다린 듯이

달콤한 기운으로
빙하가 녹듯이

사람 따라서
사람이 그렇게 오나보네요

## 사람의 사랑

내가 사랑한 사람에게
나는
먼 길을 왔다고 말하지만

그 길이 갈 길이 아니었을까
늘 바닥이 보이지 않고
허공만 있었다

너의 허공 속에서 한 세상
나는
어깻죽지가 아팠다고 말하지만

한 번도
나는 천사가 아니었던 거겠지

그때는 알지 못했으나

바닥도 허공도 없이
사람의 사랑을
내가 살아가나보다

## 마지막 위안

허공에서 평생 살았다
그래도 마지막에
손힘이 다 빠져나갈 때까지
누군가가 손을 잡아준다면

손이 마지막 말을 하고
손끝이 말을 듣는다면

마주잡은 손 사이로 평생이 흐른다면

사랑했어요 우리
아니라 해도 그것까지 사랑해요

## 나무들

나무 하나는
옆 나무의 존재를 알까
나무 둘은
그 옆 나무의 그림자를 알까

무리를 이루어 살아가면서
나무끼리는 서로를 알아줄까

마침내 여름 숲이 되어서도
나무들이 서로를 알지 못한다면

한 시절을 지나
나뭇잎들이 우수수 떨어질 때까지
서로를 기다려보는 것이 나을까

아니면 밤새 폭우가 내려서
숲속에서 서로 부딪쳐가며 우는 소리를
기다리는 것이 더 나을까

나무 하나가
나무 하나에게 소심하게
말 건네기까지

## 사람은 어떻게

하늘빛이 한번 크게 흔들린다

떠나는 사람
남는 사람
그 일이 언제나 그런데

그리고
하늘은 늘 그 하늘로 돌아오는데

사람은 어떻게 그렇게
이별이 아플 수 있을까

어느 날 하늘이 문득 흐려지는 이유가 있겠지만

사람이라서
더 크게 울 수 있는 사람이라서
여기까지 빗방울을 뭉쳐왔을까

사랑하는 사람들 떠난 가슴에
사람은 어떻게
어렵사리 새길을 내나

어떻게

안 오던 비가 오고
또다시
새 꽃이 피나

## 다시 눈길을 주다

봄꽃이 진다

한 시절 살다 지는 그 자리에 눈길을 주면

나와 마주한 적 있던 그 꽃

상대를 가진 사람처럼 따듯하다

우리는
입술에 내려앉은 뭉클한 세월을 지나며
서로 등이 붙은 듯
자신의 앞을 보고 살지만

그래도
눈길을 줄 수 있는 진 꽃들이 있어

웃고 울고 싶어도

울어지지 않는 곳에서는
웃고 싶어도

이미 충분한 봄꽃들
너무도 충분했던 봄 시간들

## 속죄

하늘은 높기만 하고
땅은 그저 넓고
나는 구름처럼 떠 있다

지구 한 귀퉁이에
두고 온 너를 생각한다

오늘은 네가
봄날 묘판처럼 나에게 다정하다고

너에게로 갔다
나에게로 왔다
한바탕 눈물 흘리며
오가는

속죄는 무심처럼 바쁘다

내가 땅으로 내려앉는 순간이 그때뿐일까?

## 꽃의 발을 기림

내가 가장 들뜬 날
발바닥이 가장 간지러울 때
꽃다발은 그렇게 내게 오네

하나의 꽃으로
가장 화려한 순간
다발로 뽑혔을 한 목숨의 그들이
발목 잘리고 내 곁에서 산 그 며칠

그렇게 한아름 마지막 날들을 사네

꽃밭 꽃들이 흐드러져도
더이상 꽃다발이 꽃이 아닌 날이 오고
드디어 그들을 버릴 수밖에 없는 순간이 오네

그럴 즈음 나는 언제나 꽃의 발을 기리네

주인이 가장 예뻐해서
먼저 죽어야 했던 꽃의 운명을
유예된 물속에 잠긴 발 없는 목숨을
통풍과 햇볕도 말없이 끝내 그들을 보내야 했던 날들을
그들이 순교할 때까지
뿌리 뽑힌 발을 끝없이 적셔주고 싶은 호스피스처럼

고이 그들을 보내주려 했던 기억을

그러나 한 꽃의 발을 기리는 기억이 사라지기도 전에
발목 잘린 꽃들을 받아야 하는 아픈 날들이 내게 또 오네

기억 사이로
세상의 꽃은 또다시 피고

모든 발 없는 발들을 눈물로 적셔주고 싶은 날들이 이어
지네

## 사람이 사는 일이

그가 말없이 여기를 떠났다
살면서 아프다고도 하지 않았는데

일시에 모두 얼어붙었다

겨울이었지만
그래도 따듯한 날들이 많았는데

눈발이 날리듯
슬며시 돌아서듯
그는 홀로 여기를 벗어났다

그의 몸을 잃고
우리는 잠시 동안 크게 울었다
회오리치는 눈발이
우리들 앞을 가리고
길을 뭉개 지워버렸다

모두 침착할 틈이 없었지만
그래
그렇다 한들
더이상 무슨 별다른 일이 있겠는가

젊은 그가 간 뒤로 알겠다                            —

사람이 사는 일이
큰일이다

## 괄호 속의 생

가끔 삶이 마디가 된다

괄호 속의 생을 누가 알까

그것은 빈 세상이 아니고

우리들 속에서 튕겨져나간 탄력들이
되돌아오지 못하는 것이고

경계는 마냥 가볍게 이쪽저쪽 너울거리고

그들이 살았던
검은 액자들이 속울음처럼 들썩이고

괄호 속의 생은

말없음표의 긴 행렬 속에서 불쑥 튀어오르는
봉분 같아서

괄호 속의 생은

그냥 빈 세상이 아니고

때로는 앞뒤로 닫히는 삶이 있고
그런 저녁이 있다

# 끝자락

너 없이는
죽을 수도 없는 세상이 있다

누군가 자꾸 문틈으로 들여다보면서
한숨 쉬는 세상

산 1번지
사람 사는 오래된 마을이지만

어깨 하나 드나드는 좁은 길도
길인데
한 번도 펼쳐진 적이 없는 굽은 길도
길인데

산동네 달동네 빈 동네

오래 묵은 집들 사이를
컹컹
나도 묵음(默音)으로 지날 수 없어
컹컹

햇살만 내리쬐는 폐타이어 얹은 지붕 위에서
함께 살고 함께 죽자던

너

내 죽음을 네가 막고 있다

## 없어지는 사람

이렇게 힘들게 살아가는데
왜
내 눈앞에서 옆 사람이 없어지나요

없어지는 사람들이 가는
세상이
왜 나는 안 보이나요

없어지는 사람들은 뚜렷이 보이는데

왜
오늘이 그렇게 가나요

왜 사람들이 그렇게

마음은 두고
몸들이 없어지나요

## 살짝 건널 수만 있다면


숲속에서 길을 잃는다면

나무들이 침묵할 때 길을 잃는다면

길들이 뱀처럼 감겨져오고 날이 저물어갈 때
길을 잃는다면

새 한 마리의 그림자라도 만나야 할 텐데
여전히 길을 잃는다면

포도나무 올리브나무도 없는
나라에서 길을 잃는다면

지금은 낯선 수요일, 아니 금요일, 아니 월요일

길처럼 보이는 구멍마다 함정이라는 것을
뒤늦게 알아버리게 되어
드디어 나는
깊은 허무에 빠져버리는 것이라면

그러니 어느새 나도 모르게
손목 잡힌 채
살짝 건널 수만 있다면

# 시간의 고고학

오늘도 사건이 터졌다

내가 너라고 믿고 있는 것이 흔들린다

바닥은 천장이 되고 땅은 굴러가다 쿵
쿵 절대적으로 깨진다

나는 당연히 어지럽다

방안의 사물들이 사물들이 아니게 되고
제대로 돌아가지 않는 정지된 사물들

갑작스러운 고요 속에서

공간은 사라지고
너도 바닥도 천장도
시간이 된다

겹겹이 쌓인 사건의 잔해들에 덮여
시간마저 멈춘다

나는 겨우 현기증에서 벗어나
바닥 밑에 깔린 천장을 두드린다

시간의 고고학이
공간의 고고학을 읽는다

## 뭉클

저녁이 쉽게 오는
사람에게
시력이 점점 흐려지는
사람에게
뭉클한 날이 자주 온다

희로애락
가슴을 버린 지 오래인
사람에게
뭉클한 날이 자주 온다

사랑이 폭우에 젖어
불어터지게 살아온
네가
나에게 오기까지
힘들지 않은 날이 있었을까

눈물이 가슴보다
먼저 북받친 날이 얼마나
많았을까

네 뒷모습을 보면서
왜 뭉클은

아니다 아니다 하여도
끝내
가슴속이어야 하나

## 부드러움이 곁에 올 때

깃털 같은 길목에서
우리는 누군가와
보고 듣고 만지고 마지막 말을 하고
떠나네
그 시간들 다 지나면서 마침내 눈빛만 남아
길목의 막다른 끝에 이르는 기억
뒤돌아보았을 때 무섭지 않았으면 좋겠다
유리길을 따라온 줄 알았더니
주름길 따라 상처의 길 위를 걸어왔네
나의 음악이었고 나의 음치였던 너를 위해
작은 나는 더 작아지고
긴 평화 위해 참 잘 참아왔다
가장 어두운 밤
흐느끼는 어깨 스치며 지나간 많은 얼굴들
가장 바람 부는 날
부드러움이 곁에 올 때
한밤의 풀냄새도 함께 오네

# 2부

없는 가족도 자리잡고 앉는 밤

## 웃는다

내 눈 속에서
파도가
자꾸 몸에 상처를 낸다
그럴 때마다 내 몸을 다시 한번
돌아본다

날마다 파도치는 일이 무거워지면
바다도 자꾸 바퀴 같은 포말을 만든다
굴러가려고 움직이려고 살아보려고

세상 속으로
자꾸 바퀴를 만들어내는 사람이
늘어나는 바닷가

내 눈 속에서
너와 내가 지나온 세상이 부서지며
웃는다

# 이제는 웃는다

뜨거운 날들을 먹으며 살았다

혀가 돌돌 말리며 울먹이며
살았다

저 끝에서부터 저항의 무릎이 뜨거웠지만

시간은 저절로 뜸들었다

뜨거운 밥이
뜨거운 눈물로 치환되었다

내 몸에서
네 마음이 쏙 빠져나갔다

너를 보내고도
내가 남아서
웃는다

## 잠깐이다

불타는 숲속에서 뒤엉킨 머리카락들의
저 세계
처절하다

당신이 어려운 얼굴을 하고
달려와 나를 더듬는다

당신 속으로 내가 말려들다가
마른 낙엽 같은 소리를 내다가

바스락 부서지면서
여기를 떠날 테지
불꽃이 아름답다는 한마디를 남기고

그날까지

그래도
무거운 등짐을 지고 있다는 것이 다행이다
뒤로 넘어질 수 있으니

그렇게도
무너질 마음이 있다는 것이 다행이다
살아 있으니

잠깐이다
그날까지

## 기다리다

드디어

나는 문밖으로 나와
밖의 소리를 듣는다

연한 잎사귀가
몇 겹의 시간 속에서
바스락 소리를 낼 때까지

오랫동안 나에게
기다리라고 말하는 사람
없었지만

드디어

그동안 내 안에서 들었던
소음과 나쁜 소식과
휘몰아치던 소용돌이를 뿌리치고

그렇게 오랜 시절을
기다리다

나보다 더 긴 시간들

나를 더 길게 한 시간들

물론
기다리는 일이 일이 된
적은 없지만

## 사람

사람이 사람을 사랑하고
꽃이 꽃을 사랑한다

사람이 사람에게 사랑스럽게 다가가는 동안
꽃은 그 자리에서 서로 눈빛으로 사랑한다

그렇게 서로에게
어떤 순간에도 그렇게
자기들 사랑의 방법이 있다

그러니
내가 너에게
다가갈 수 있어서
만질 수 있어서 쓰다듬을 수 있어서
그렇게 살아갈 수 있어서

사람은 그냥 갈 수 있어서

남몰래 혼자 떠나려고 하는 세상에
네가 있지 않아서

사람이 꽃이 아니길
참 다행이다

꽃이 스쳐가는 바람과 함께 너에게 갈 때

## 파도 같은

그날이 가고 그 순간이 지나네

물밀듯이 나에게 몰려오는 속말들이 부글거리네

한때의 사랑이 왜 모자랐을까

저렇게 출렁이며 나에게 오는 너를
왜 다 받아줄 수 없었을까

바닷가 모래가 대신 받아주는 그 울음을
왜 새겨두지 못했을까

어떤 위로로도
멈추는 법을 모르는 너는 몰라
이렇게 부서지며 오는 너를
나는 왜 짧은 저항으로 끝내지 못했을까

나의 얼굴을 계속 지워버리는 너를
나 대신 누가 더 사랑할까

파도 같은 마음들 사이에 내 마음도 있네

## 그리운 세상

햇볕 따스한 오후 세시의 벽에 매달려 있는 그림자들
그들 무게에 늘어지는 시간들

문들 담쟁이들
사람들
공기들 작은 벌레들이
금방이라도 허물어질 듯 느슨해진 벽을 뚫고 나와
서로를 쓰다듬으며 털어내는
살아 있는 것들의 먼지들

세상의 작은 것들에게 위로가 되는
따스한 먼지가
내 손등에 한 줌 햇볕으로 다시 내려앉고

그래서 다시 한번 살아갈
눈 코 입 귀 얼굴 이마 눈썹 속눈썹 목덜미 들이
웅웅거리며

한참을 헤매지 않고서도
그리운 세상 속으로 모여든다

## 속수무책

벽이다
장벽이다
아니 물이다
심연이다

앞뒤 좌우
잡을 것 없이 흔들린다

다 놓쳐도 어쩔 수 없어

기류에 죽도록 흔들리는 구름이나 비행기나 나나

그때 그 무렵 무너졌던 가장이나 그의 가족이나

그렇게
급작스러운 사고를 당하고도
회복할 수 있으면 되지

회복 안 되는 것이 문제지

그러나 회복 못하면 극복하면 되지

한없이 속삭이는 그대가 있지만

한층 더 두꺼워지는 벽
더 깊어지는 물의 끝에서

속수무책도 속수무책일 때가 있으리

# 문의 비밀

사람은 마음을 굴려가며
이 세상을 지난다

무너지지 않는 벽 속에서

춥고 불편한 지층은
아픈 풀 한 포기도 그냥 피우지 않는데

잡음의 뒷모습이 얽혀 있는
전장을 지탱하던 날들이 흘러가는데

누구도 감히
두드려볼 수 없다면
쇠망치로 부술 수 없다면

심장의 박동을 들려줄 수는 없을까

몸안에서 혁명이 일어나기까지
보고 듣고 만지고 말하고
그 시간들이 눈빛 하나로 뭉쳐지는 순간이 오기까지

언제나 너는 벽인 줄 알았는데
오래도록 그렇게 열리지 않는 문이었구나

멈출 수 없는 길을 달려가지만
그렇게 뒤늦게 고백하고 싶다

세상 가슴은 한없이 넓고 깊으니

## 지붕은 이렇게 빛난다

마음이 그렇게 흔들렸어도

천막만 있으면 모이는 마음들 때문에

지붕은 이렇게 빛난다

무너진 흙바닥 밑을 땅이 없어도
지진 이후
사람이 모이고
마음이 뭉치고

저녁이 깊을수록
없는 가족도 자리잡고 앉는 밤

사진 속
너는 떠나고 없는데
있는 것들끼리 지붕을 지킨다

낡은 천막 지붕에서는 어느덧 나무가 자라고 나비가 찾아들고

그렇게 빛날 것도 없는 것들이
빛이 난다

지붕 아래에서

## 그 세상

바람이 뭉쳐요

천만년 사랑하자고
지난 시절 우리가 그랬듯이

깨알만한 들꽃 천지의 세상
검은 비닐 천지의 세상
한 발짝 더 나가면
마음 한 잎 떨어지면 그대로 끝날 것 같던
그리고 이제는 더 올 것 같지 않던

그 세상 얼음꽃 그 세상

찬찬히 물어뜯기는
딱딱하게 식은 빵 한 덩어리의
그늘이 짙어도
눈짓 같은 건 받아본 적 없어도
삶의 바닥이 둥글다고
조금 더 살아보겠다고

좁고 춥지만
피부 외에는 감쌀 것이 없지만
눈빛만 더 강하게 쏘아대던

그 세상

당신도 공범이어요

## 사람들

사람이 아니라
사람'들'일 때

'들'에는 언제나 틈이 있다

사람들이 모여드는
광장

사람들은
함께 모여 하나이지만

뒤따라가는 사람이
앞선 사람들을 잠시 놓치면

사람과 사람 사이에서 비바람이 일어
그 틈에서
보이지 않는 아픔이 자라는 것은 무언지

모든 '들'에는 틈이 있어
바람처럼 사람이 드나드는
사람들 틈에서

광장이 그래서 숨을 쉬나

# 저기

한결같은 것은 아무것도 없는 날들이라는데
한결같이 강물이 흐릅니다

강물의 길이가 끊어지지 않듯이
사람들도 오래전에 다 사라진 것은 아닌 듯하여
강물 속 사람들을 바라봅니다

검은 나비로 탈피한 사람들의 날개를
저장한 곳이
저기일까요

우수수 마지막 시간들이 떨어지던 곳이
저기일까요

다시는 못 올 큰 바람이 일고

다른 세상이 온 듯한 마음 하나가
말없이 잊고 싶은 한 시절이
강물에 잠깁니다

## 이명(耳鳴)

물 흐르는 소리 들리는 집 한 채
내 귓속에 산다
돌 구르는 대로 마음 구르는 대로
나도 함께 산다

귓속 멍멍한 채로
나는 시간을 다 쓴 사람처럼
들을 수 없는 사람으로 그냥 산다

한세상 보내도록
그래도 내가 사라지지 않으니

내 귀에서는 드디어
물에 젖은 귓속말이 풍성하다
슬플 일이 없을 것 같다

# 그 길이 없을까요

울퉁불퉁한 바닥이 주는 불편함을 내려다봅니다

착시현상도 통하지 않는 분명한 불편이 기다리는 그 길에

물 위에서 사는 것들처럼 훨훨 날아다니고
비추어진 채 사는 것들이 그리워지고
실루엣으로 사는 것들이 투명해지는

어디
물결도 살고 바람도 살고
나뭇잎 떨어진 잎사귀도 살고
모르는 얼굴들도 살고
모래들, 이끼들도 사는 그 길이 없을까요?

그리운 당신을 비껴가며 사는 길이 참 울퉁불퉁하네요

## 바람이 휘어지면

바람이 분다

내가 알던 내 목소리가 날라간다
내 얼굴이 날라간다

내 얼굴 내 목소리를
진실로 내가 모르니 그러니

이제까지
나는 다른 눈으로 나를 보았지
다른 목소리로 나를 들었지

이렇게 내가 휘어질 줄 모르는 세상 살면서
돌아오지 않는 얼굴
목소리
날마다 그리워하는데

바람이 휘어지면 그때
바람 안에 있는 내가
나를 만날 것이니

바람이 휘어지지 않으면
내가 없을 것이니

나를 더듬고 만지는 바람이
휘어지는 날이 곧 오리니

## 다시


성당 옆 주목이 천년을 사는 동안
꽃들은 피었다 진다
주목 옆에서

주목이 세상을 내려다보는 동안

외로운 사람이 옆에 있어도
외롭다는 말을 듣지 못하면

다시
천년이 돌아온다 해도
꽃들만 소란스러울 뿐

## 두 사람

이렇게
아픈 줄 모르고
평생 서로 찌른 상처를
이제 들여다보는 두 사람이

황혼이 아름다운 것도 보지 못하고

등을 보이며 걸어간다
등과 등 사이에 남겨진 세상이 황혼빛에 물든다

길게 지나온 민낯이 이제는 낯설다

그러다가
사라지는 부피
압화(壓畵)로 남을
두 사람의 어깨가 때로
안팎의 문처럼 열려진다

황혼빛 아름다운 등뒤에서
두 사람이
그림자로 드리워진다

## 곁에서

밤이 뜨겁다
네가 아프다
나는 너의 아픔 곁에서
너를 본다
죽을 것같이

말라가고
초라해지는 삶을 두고
네가 운다
나는 너의 울음 곁에서
너를 본다

두 손을 모으며
너에게 공손하지만
방관자인 나는
너를 볼 수 있을 뿐

마음이 한 장 한 장
유리창처럼 부서져
너의 사방을 위험하게 할 뿐

곁에서 어쩔 줄 모를 뿐

마지막 사랑 가지고도
닿을 수 없는
네 곁에서
내가 살아간다

## 말단(末端)의 사랑

어느 강가든 숲이든
어느 가문이든
오래도록 살아온 뿌리 깊은 나무가 있어

겨울 겪고 초여름 거쳐서 여기까지 온
몸통 굵은 것들의 무게가 낳은 침묵이 있어

잎들이 무성할수록 더 침묵하면서

몇 개의 잎사귀를 지닌지도 모르고
알려고도 하지 않고
지나온 것들을 품는다

가벼운 날들에게는
가볍게
어려운 날들에게는
어렵게

폭풍 치는 날
그렇게 큰 때를 만나면
크게 뭉쳐서
온 힘을 다해 둥치를 붙들고

바람이 그치면
그저 또 상관없는 사이처럼 각자
무심하게 매달려 있다

밑둥 튼실한 나무 가지의
말단에서
말단의 사랑이
마음놓고 하늘거린다

# 3부

서럽게 어렵게 뜨겁게

## 옛 사진첩

그때는 몰랐어도 뒤늦게 알게 되는
순간의 세계가 있지

옛 사진첩을 꺼내보는 갈피에서 툭 떨어지는

어느 여름날
유행하던 꽃무늬 블라우스를 입고
정면을 향해 웃고 있는 그녀
그때는 그녀만 보였는데
지금 보니
클로즈업 된 상반신의 그녀 뒤로
원근법적으로 자그맣게 사람이 지나가네

그녀의 배경이 된 모르는 그 사람
그러나 보폭만은 성큼 큰 그 사람
그는 그의 앞만 보고 가네
그녀의 정면과는 또다른 그의 정면을 응시하는 걸
이제야 나는 보네

그때 그녀는 그를 모르고
지금도 그녀는 그를 알 도리가 없지만

우연히 그가 그때 거기를 지나갔듯

우연히 그녀가 뒤를 돌아보지 않은 것을

오랜 시간 지나서
왜 이제야 다시 생각하는 것일까

옛 사진첩 갈피마다 피어나는 회상의 존재론

엷은 구름 같은 옛 사진첩
다시금 순간이 살아나는 세계가 있지

## 딸들은 파도 속에서
—옛 사진첩 2

평생을
바닷가 파도는 멈출 줄 모르는데

한 여자아이 어느 날
홀로된 아버지를 두고
먼 길을 떠났다

아버지는 지칠 줄 모르는 파도처럼
딸을 부른다

밀려갔다 돌아오다 밀려가는 리듬 속에서

그 여자 어느 날부터
파도 속에서 아버지를 부른다

아버지~~ 아버지는 언제나 이곳에 계시네요
저는 파도 끝을 따라갔다가
파도처럼 돌아왔어요

울지 마세요
제가 대신 울어드릴게요

날마다 부서지는

바닷가의 포말이 바로 저랍니다

세상의 딸들처럼
저도 그 딸이랍니다

엄마가 되고 아내가 되고 포말이 되고

옛 사진첩 속에서 딸들을 둔 아버지
홀로 누렇게 늙으신다

# 다시 집이 있고
## ─옛 사진첩 3

사진첩 사이에서 추억이 살아날 즈음이면

젊음을 계속 들고 있을 수 없어 힘들던 시절이
구름 뒤로 넘어가고

엄마는 늙어 죽어가는 장면 속으로 사라지네

그렇게 풍성했던 집이 보이지 않고
열고 살았던 대문이 보이지 않고
손바닥만한 창문 틈으로 들어오던 햇살마저 보이지 않아
흐릿한 시야에 잡히는 신기루 같은 가족들

오늘 다시 찾아보는 사진첩

사진의 뒷면에도 사진이 있어
들여다보면 거기에
다시 집이 있고
가족이 있고 엄마가 있고

누군가의 생일이 있고
엄마가 방마다 열심히 아이들을 낳고 있고
가득가득한 울음으로 결코 빈집이 아니고

한여름 사루비아 꽃밭이 꿈길을 내고 있네

## 내 심장은


사람 따라 봄이 오는지
가족공원에 봄바람이 분다

사람들이 피워올리는
봄꽃 사이사이
지난해부터
또 오래전부터
아픈 꽃들도 섞여 핀다

올망졸망한 가족들 사이사이
몸이 아픈 사람
마음이 아픈 사람 곁에
신이 한 분 내려앉아 있는 듯

내 심장 두근두근 두드린다
옆을 보라고
뒤를 보라고

가족 아닌 사람이 어디 있냐고
가족 아닌 꽃들이 어디 있냐고

아픈 사람들 사이사이 꽃들이 피고
자꾸 신들이 지상에 내려온다

이 봄

# 그 아버지

아버지는, 어머니와 한 짝이었던
그 아버지는
그 가을 어머니와 함께 사라지고
세상은
그 아버지 아닌 아버지를 느린 호흡으로
새긴다

새 낱말을 씹듯
새날들의 밥알을 씹으며
아버지가
홀로 새 세상을 지나간다

가족사진 한가운데에서
기억 언저리로
천천히 몸을 옮기는 아버지
새벽은 늘 오고
밤새 홀로 새기는 묘비명이 희미한 날들

그래도 아버지는 언제나
그 아버지다

# 언니

언니 왔네

폭염 폭풍 폭력 다 지나온
부드러운 노을 아래에서
자매가 만난다

우리 어느새 여기까지 왔네
언니가 오던 길을 뒤돌아본다

꽉 잡은 두 손 위로
붉은 위로가 내려앉는다

엄마들이 이 땅을 떠나고
남긴 자리에
언니가 있어
불면으로 울퉁불퉁
지나온 길이 굽이굽이 아름답다는

그런 언니 하나 있었으면 좋겠다고
노을이 두 사람을 가만히 감싼다

## 집밥

집을 떠난 사람이 놓고 간
밥이 집밥이지

언제라도 되돌아와서
먹을 수 있는 밥이
집밥이지

밥에 무슨 집밥이 있고
바깥밥이 있을까

제삿밥 먹는 순간에도
밥 찾아 허공을 떠도는 사람
먼저 떠나 거기서 기다리다
한 번쯤 되돌아와
이 세상을 내려다보는 사람
한 술 뜨는 둥근 밥숟가락 속에서
모두 만나는
그런 밥이 집밥이지

돌아오지 못하는
그리운 마음들이
멀리서 저 혼자
뜸드는 밥이

집밥이지

## 옛집

기억 저편의 한겨울
검은 외투를 입은 가장이
귀가하는 저녁
늘 그러하듯 밤새 닳은 대문
문턱 저편
어린것들은
나무 조각으로 집 짓고 논다

그 가장은 종일 굽혔던 무릎을 다시 굽혀
바람 묻은 긴 외투 속으로
어린것들과 집을 짓는다

이렇게 이렇게 이렇게
나무 조각들은 리듬을 맞춰
그날 집을 완성했을 것이다

기억 저편의
나무 조각 퍼즐 집은 한평생 무너지지 않는데

집을 짓는 법과
그 집에서 사는 법은
옛집 속에서
우주를 짓고

후손을 낳고

지금도
하나의 우주가 나를 그리워한다

## 가족 여행

남은 가족이 여행을 간다

넓고 높은 곳으로
올라가다
자꾸 미끄러지고 흩어지는데

내려다보면 땅이고
올려다보면 하늘인데

그 사이에서
가족은 주먹밥처럼 뭉친다

# 저 열쇠

누가 열려다가
버린 것인지

눈물을 얼마나 흘린 것인지
바닥에
녹슨 열쇠 하나 나뒹군다
부식된 몸이
한 세상 두 세상
여러 겹의 세상을 마감하는데

찰랑거렸던 시절은 어느 골목 어느 시대에
열쇠구멍처럼 뻥 뚫려 있는가

구멍 안에서 밖을 보던 사람은 가고

밖에서 안을 보던 사람은 가고

열쇠꾸러미를 든 저 손들은 가고

시간이 젖는다
저 오래된 침묵이
비 맞는 동안

## 그 사람이 웃는다

한 사람이 살다 죽었다

죽었다고
이제 더이상 그 사람 세상에 없다고
우리는 말한다

우리가 말하고 있는 사이

어떤 사람들은

죽은 그 사람
죽은 것이 아니라고

그 사람을 기억하는 사람이 살아 있는 동안은
그 사람 죽은 게 아니라고

그 사람을 기억하는 모든 사람이 죽었을 때
그때서야 그 사람 죽는다고 말한다

늦여름
번쩍 번개 맞는 나무 곁에서
젖은 슬픔이 가슴을 관통한다

내가 살아가는 동안
어제의 그들도 함께 살아간다는
생각이
따듯하게 하는 주검

그 기억 속에서 그 사람이 웃는다

## 사후에도 늘 그렇듯

한 번의 생이 견딜 수 없이 무겁지만
늘 그렇듯
생의 바퀴는 부드럽고
내가 없는 풍경은 사후에도 계속된다

내가 지금 보고 있는 저것
나에게 뜨겁게 부딪쳐오는 이것
그 너머에서도
늘 그러하듯

한 번의 생이 견딜 수 없이 가볍지만
늘 그렇듯
생의 바퀴는 견고하고
내가 있던 풍경은 사후에도 계속된다

내가 지금 듣고 있는 저것
나에게 차디차게 부딪쳐오는 이것
그 안에서도
늘 그러했듯

## 봄날 한나절

한세상 살다 떠난 여자의 봄날 한나절

한강가에 앉아 서로 묻고 대답한다

봄날 한강 햇살이 어때요?
강이 아니라 비닐하우스가 넓게 펼쳐 있는 거 같아!
반짝반짝하네!

한세상 더 살았으면
다시 찾아온 봄볕이
그 여자의 눈 속 깊이 찾아들었을까

그런 봄날이 다시 왔으면 좋겠다

봄꽃들은 여전히
꽃이 작고
그림자가 작고
시간조차 작은데

그런 봄날 같은 그 여자
다시 왔으면 좋겠다

## 이승에서의 날들

멀리서 서로를 보는 것보다
곁에서 함께 겪는 것이 더 아픈 우리가

서럽게 어렵게 뜨겁게
겪어냈을 때

기억은 머리에 남고
회상은 가슴에 남는다지만

우리가 아무리 못났어도 인연이기에
이제 우리는 헤어질 것이다

지금 여기 꽃이 피고 지고 바람이 불고 사그라지고
마음이 몇 번씩 닿았다가 무너진 인연이기에

이승 아닌 곳에서 다시 봉인될 것이다

## 장례식장에서

내가 죽지 않아도 죽는 죽음이
여기 있다

마음에 노을이 진다

다행한 일이다

나와 나 사이에 국화꽃이 천만 송이도 더 피었다 진다

## 칼날 아래에서

어둠이 길다보면
내가 눕혀지는 때가 있다

구멍 숭숭 난 나뭇잎을 들고
나를 눕혀야 할 때

가슴 위로
칼날이 가늘게 지나간다

내 의식의 마지막에서 바람결처럼 부드럽게 흐르는
저 칼날을 나는 믿나보다

몸에 자꾸 상처가 생기고
시간의 틈이 낳는 그 사이를 뚫고

한 번은 뒤돌아보아야 하는
나의 네크로폴리스

칼날이 더 부드럽게 느껴지기 전에
다녀오리라

# 혀

입다물면 저 혼자
혀뿌리에 조용히 매어 있네

크게 입 벌려
자유자재의 세상을 살고 싶어도
뿌리가 깊은 것을 나는 어쩌지 못하네

어느 날 다행히
내 혀가 언어를 만나
험한 세상을 속을 드나들며 말을 터트릴 때
종종 헛바늘 돋는 세상이 나를 찌르네

오늘만큼은
혀뿌리 위에서 쉬고 싶지만
혀가 말리면 이 세상을 떠나는 거야
당신이 웃으며 말했지

나도 따라서 천천히 웃네

## 저 너머에는 저 너머의 것이

그 사람이
그 집 앞에서
멍하니 서 있다

닫힌 대문 앞에서
멍하니
문턱이 두려워서
멍하니
넘어 들어가지 못하고
멍하니

그 사람
생각도 멍하니
기억도 멍하니
모습도 멍하니

죽도록 눈빛만 쏘면서 멍하니 서 있는
그 사람
언제까지 멍하게
그럴 수 있는 것일까

그 집 대문 앞에서
가슴 두근거리며 끝없이 망설이는

여기가 끝인데

저 너머에는
저 너머의 것이 있는데

저 너머의 것마저
멍하니

그 사람 언제까지나
그럴 수 있을까

## 한바탕의 흰구름

거울 속으로 흰구름 떠간다

거울 앞에 서면
비춰지는 것이 내가 아니라
오늘의 배경을 거느린 나인데
나는 거기서 나를 표정 짓고 있는 것인데

나의 배경에서
흰 벽은 햇빛에 얼룩지고
시간에 얼룩지고
비를 맞아 울고

돌아간 사람을 위해
그리고 남는 나를 위해
구르는
한바탕의 흰구름

오래전부터
거울 뒤에서도
누군가 나를 지켜보고 있다

# 위안

참고 살았던
이빨들이 흔들리고
서로 부딪친다
너 힘들었구나!
러브레터를 적어가는 바람의 소리가 들린다

천년이 되어도 썩지 않는 바람처럼
쓰다듬고 또 쓰다듬는 위안이 그리운
날들이 있다
살다보면

바람보다 먼저 가는 몸을 붙잡고 싶다

# 4부

잠 속에서도 잠만 잤다

## 가을날의 분당 메모리얼 파크

몇 해 전 가을날
경기도 도민이 되신 어머니
뿌리 깊은 국화꽃으로 피어나는데
꽃향기 따라 찾아가는
경기도 분당 메모리얼 파크

오늘도 공원에는 돌꽃 하나 새롭게 피어나고
어머니와 그 옆의 어머니와 그 앞의 어머니들
가을빛 탱탱한 작은 돌집 마루에 앉아

이제 오니? 반기시는데

두고 올 것 없는 그 집에서
가지고 올 것은 더 없는 그 집에서
온종일 넋 놓다가
해 질 무렵 돌아서네

석양빛에 반짝이는
어머니 집 돌대문에 쓰인 한마디

'우리 모두 사랑했어요'

## 양들도 나처럼

나는 배를 채우며 한 생을 살았지
가장 낮은 바닥으로 고개를 숙이며 살아냈지
나에게 먹이는 한 번도 하늘에 있지 않아서
훨훨 내리는 꽃비 같은 세상이 아니어서
바닥의 먹이가 나를 키우는 동안
대관령 평원에서 양들도 자라고 있었지
고개를 숙이며 하루 몫의
생존의 바닥을 뜯어먹으며

그런데 양들이 어떻게 알았을까
언제나 바닥으로부터 오는 먹이를 먹으며
나처럼 침묵을 쌓아가는 것을

어디서 떠나왔는지 모르는 나처럼
조용하게 대관령에 도착한 양떼들이
먹이를 앞에 두고
나와 묵언 수행을 하지

## 너에게로 움직인다

마지막 손 떨림으로 쓰는 편지가 흔들리는
봄날이다

너를 생각할 때마다 아주 사라질지도 모른다는 불안을
띄엄띄엄 쓴다

꽃이 다시 피어도
위로의 날들은 오지 않고
살다 간 사람들의 족적이 전시되는 봄

계속 걸어간 사람들이 부럽다고
꽃잎은 공중에서 홀로 비 맞는다

봄의 끝에서 소심하게
너에게로 움직인다

# 잠시

네가 나무일 때
너는 도망을 못 가고
길게 뿌리만 내렸다 끝도 없이 내려갔다
잠시, 이려니 하고

네가 울타리일 때도
너는 도망을 못 가고

네가 엄마일 때도 너는 도망을 못 가고

손길일 때도 사막일 때도 도망을 못 가고

잠시는 자꾸 길어져 굵은 사슬이 된다
마음 꼭대기에서

너는 이제 막힌 숨구멍 앞에
잠시를 드디어 내려놓는다

다른 나무들도 도망 못 가는 그 길에, 잠시를

# 임종(臨終)

오래 닳은 슬픔 끝에서
한 나무가 쓰러진다
한 시절의 폭우에 쓸려가듯
마지막 지탱하던 병상이 무너지고
서녘 깊숙한 곳으로
돌아온 길 찾아가듯
가쁜 숨 넘어갈 때
서서히 그 사람의 밑동이 드러난다
뿌리에 얽혀 있던 삶의 미생물들 드디어 드러난다
돌아보면 기억의 가는 줄기가 생각보다 질긴지
지상을 헤매던 애타는 눈길이
말리는 혀보다 앞서 스러지고
숨결 따라 달려온 그의 한세상이
하얀 나비 등에 실려간다
지구 저편을 돌아 날갯짓하며
또 한세상 더 살다가
지층의 화석이 되려고
그 사람 지금 떠난다
가만히 오래, 모두들, 그를 멀리서 본다

# 봄날 꽃잎

봄이 오고
어떤 창문이라도 봄날 꽃잎처럼 열린다

봄의 창이 열리고
어떤 집이라도 봄날 꽃잎처럼 살 수 있다

한 마리 굼벵이가 다른 굼벵이를 찾아다니는
흙의 지문 따라서
봄이 오고

어느 한순간도 놓치기 싫은 간절한 눈빛이
그뒤를 따른다

## 그렇게 흐지부지

뒤 없는 것이 좋을 수도 있지
망각 속으로
흐지부지

나 없는 삶이라도 강해지려고 너는 나를 자꾸 밀어냈지

내가 물속 깊이 가라앉아 떠오르지도 않고
너를 울리고 괴롭히고

노란 리본 끌어당겨
심연에서 내 몸을 꽁꽁 묶어갈 때

너는 더이상은 안 돼
내버려줘
나를 밀쳐냈지

울면서
나도 울면서
너를 보내야 했지

잘살아
노랑 풍선 띄워줘
멀리 멀리 널리

그리고 흐지부지

나를 지워줘
너를 살리고 싶어, 제발

뒤 없이도 사는 거야 흐지부지
노란 별들이 하늘 가득하도록 흐지부지

사랑했다 흐지부지

## 잃어버린 가방의 존재론

내 것 아닌 것 없는 내 것을 몽땅 잃어버리고
나는 낯선 거리 한복판에 서 있다
그 거리는, 내 것 아닌 것이 많은 그 나라의 거리는
나를 모른 척하고

나는 어디에서 나를 찾아야 하나

낯선 거리의 골목은 방사선으로 뻗어 있고
한 길 끝에 닿으면
다시 돌아와야 다른 길을 갈 수 있는
너와의 관계처럼
나를 빙빙 돌리기만 하는데

어두워지는 뒷골목 어디에서도 발견할 수 없는 내 가방이
차라리 나를 발견해줄 수는 없는 것일까

두서없는 시간들 사이로
황망한 빗방울이 쏟아지기 시작하고
어디선가 내 가방 젖어가고
내 사사로운 것들 흠뻑 젖어갈 것이고

나는 잃어버리고서야 그리워한다
손때 묻은 관계처럼

그리고 가방 속을 누비던 손끝의 감촉을
다 잃어버리고
밤늦게 그 나라를 떠난다

잘살아라, 나 없이도,
캄캄한 공항 유리창에 아쉬운 입김 불며 쓰는
너와의 관계처럼
잃어버린 가방이 가르쳐주는
관계의 존재론

## 뭉텅

살다보면 뭉텅 내려앉는 순간이 있다

나는 없어지고
내 그림자가
하나의 공간을 만든다
불투명한 심연으로 무너진
나를 다스리는 시간들이
긴장을 한다

계절도 흘러가면서
배경을 흔들고
녹음 지면서 나무들 뭉텅 내려앉고
물위는 투명하고
짙은 햇살이
이리저리 흩어지는 동안

그림자 속 진심이 불투명한데

뭉텅 가슴 아픈

# 노을

저 멀리 노을이 저 혼자
붉어지다가

어느새
길게 손을 뻗어
나를 물들게 한다

눈 깜박할 사이
사랑할 사이도 없이

노을 속으로
말없이
옮겨 앉는다

## 훗날 녹을 날


무더위 속에서 꽁꽁 언 것들이 녹는다

냉동고 문을 열면

내 손에 잡히는 것들이
지금은 얼음이어도
언 것 이전으로 반드시 돌아간다

냉동고 문을 열면

지구 저쪽에서 빙하도 녹아 주는데

의과대학병원 해부학교실 냉동고에
얼어 있는 사람 하나

훗날 녹을 날을 기다리는데

누가 얼음덩어리로 내 머리를 내리쳐도
나는 한 덩어리 구름이라 생각하는데

무더위에도 얼음으로 언 사람을
내가 자꾸 눈물로 만들어버린다

아직은 열리지 않는 냉동고
문 안으로 들어가려는 나의
어른거리는
딱딱하지 않은
속살 같은
나직한 얼음

## 눈길의 위력

바람을 일으키며
여행길 낯선 사람들이 작은 섬에 모여든다
때마침 태풍도 몰려온다

모두 갇힌다 잠시 바람의 세상이다

며칠 발이 묶인 사람들끼리
곧 낯익은 사람들이 된다

한자리에서
아침에 본 사람을 저녁에도 본다
낮에 본 걸 밤에 또 본다
사람도 사물도
태풍의 발바닥도 보고 또 본다

스치는 눈길이 아니어서
가족처럼
머물고 머무는 눈길이어서

안 보이던 것들이 보이고
모든 구석구석이 눈빛이다

얼핏이 사라진 눈길에

순간이 환하게 갇힌다

태풍이 왔다가 휩쓸고 떠나고
사람들이 왔다가 서로 떠나고
내 가슴속에 눈길이 쌓인다

모두 잠잠한 세상이 따뜻하다

## 유리창 한 장

낮선 역이거나 환승역쯤
어느 모퉁이 카페쯤
오후 네시쯤
통유리창 한 장쯤 그쯤이면 되겠다

나는 막 도착해서 유리창 안쪽에 앉아 쉬고
사람들은 갈 곳 따라 구두를 보이고 얼굴을 보이고
분주히 창밖에서 움직인다
역이니까

카페 유리창 안쪽에서 보면
밖의 표정들만 보인다
소리들 울음들 발자국들이 안 들리는
다른 세계

유리창 한 장이 만드는 거리가
이승과 저승처럼 멀다

그러다 유리창 밖으로 나오면
유리창 속의 나는 없다
소리도 있고, 웃음도 있고, 갈 곳도 있는데
그런데 내가 없다

나를 보는 내가 없어진 공간에서
무리들 속에 섞여
나는 이미 없어지고
오후 일곱시쯤
황혼이 곧 올 때쯤

내가 나를 못 보고 살아도
그것이 나인 것을 알아갈 때쯤

안팎을 넘나드는 사람들 틈에서
나는 문득 카페 안에 있는 나를 본다

한 장의 유리창이 붉게 물든다

## 강가(Ganga)라고 부르는 사람들이


내가 그의 등을 바라보며
릭샤를 타고 가는 곳이 어디일까
날은 어두워지고 가늘고 긴 바퀴 소리가
두려운 심장 속을 구른다
낯선 길은 강물을 향하고 있는데
그 끝이 두려운데

막 떠나온 호텔 힌두스탄 인터내셔널은
내 영혼처럼 비탈길 위에 있어
가슴 조이며 미끄러지듯 나는 길 위로 내려왔다
짙어가는 어둠 속에서 릭샤꾼인 그가
뒤돌아보며 씨-익 웃을 때
낡은 가죽점퍼의 등을 믿으라고 할 때
바라나시 밤의 악취와 매연을 마스크 한 장으로 내가 덮
을 때
그때에도
그의 좁은 등 위에서
갠지스를 강가라고 부르는 사람들이 살겠지

먼 곳으로부터 바람이 밀려오고
그들의 강가에 만국기(萬國旗) 얼굴의 사람들이 몰려들고
먼 바람들이 부는 동안
강가라고 부르는 사람들이

마음 따라 몸뚱이를 강물 속으로 담글 때마다
가난한 주검의 장작더미가 모자라서
타다 만 뼈들이 강물에 흐를 때마다
물빛 사라진 자리에서
세심(洗心)의 꽃들이 일어선다, 밤새도록,
강가의 물은 영원히 더럽지 않을 테지

구원이란 이렇게 단순하게
밥 짓는 물처럼 보글보글하게
사는 일일까
신비한 바퀴 소리가 나에게서 멀어진다
나를 강가에 내려놓고 그는 되돌아간다

## 내 몸속의 미띨라 아트*

떠났던 길이 순례의 길이었는지
귀가한 내 몸속에서
낯선 신들이 쏟아진다

내 그림자가 닿은 신화 속의 신들
인도 북부 마을 여인들이 진흙집의 외벽에, 마당에 그린
신들
땅에서 화사하게 피어나는 힌두의 신들

대나무 스틱에 면을 두른 붓이
소똥, 꽃가루, 콩, 붉은 백단나무, 사과나뭇잎, 쌀가루를
스칠 때
검은색, 노란색, 푸른색, 붉은색, 녹색, 흰색의 물감으로
만들어져
그녀들이 출산하는 신들

드디어 세상 밖으로 나와
조곤조곤 이야기 나누며
그녀들과 함께 살아가는 신들

엄마들 할머니들이 그렸던 그림을
젖을 물면서도 보았던
딸들이 이제 다시 그리는 신들

소박하게 사는 것에 대하여
꿈꾸는 것에 대하여
'꿀이 풍성한 숲'**에 대하여

땅에 내려앉은 신들이 삶의 폐허 끝에
그늘을 만들어낸다

그녀들을 순례한 나도
가만히 덮어주는 그늘에서
쏟아진 낯선 신들을 안는다


* 인도 북부 비하르주 마두바니(Madhubani) 미띨라(Mithila) 지방
에서 유래된 페인팅 아트.
** 마두바니의 뜻.

## 춘천 명곡사

춘천 명동을 조금 비껴 선
명곡사에 명곡이 산다

비탈진 골목길 따라
짐 리브스의 가을 목소리가 노래로 흐르면
그날부터 춘천에 가을비 내린다

닭갈빗집 대형 출입문 맞은편
소형 점포 음악사에서
몸집 자그마한 주인이
비 젖어 흘러내리는 유리창
너머를 바라보다가
닭갈비 굽는 연기 사이로
LP판을 올려놓으면
그 순간부터 춘천이 명품이 된다

빙 크로즈비 페리 코모 페티 페이지는
떠나고 없어도
명곡은 죽지 않고 타지인도 품으며
춘천에 모여 산다

# DMZ


서로 등을 보이며 헤어졌지

등에 혹이 생기고
쌍봉이 되고 우리는

날마다 사막을 걷는 꿈속에서
눈물에 젖고 햇빛에 마르고 또 젖는 동안

밤마다 헛꿈, 헛사랑, 헛헛, 흐흑

그런데도
사이의 것들은 스스로 사랑을 하고
부화의 시간이 곧 올 것만 같아

그 세계
눈에 보이지는 않으나

그렇게라도
어떻게
얼떨결에라도

## 정선에 가면 살아 있는 것부터 만나고 싶다

정선에 가면
살아 있는 것부터 만나고 싶다

봄볕 속의 아지랑이
아지랑이 속의 아라리
그리고 당신과 나

양지 송천과 음지 골지천처럼
어우러져 아우라지

우리 예전처럼
만나지 못하는 일 없이
뗏목 함께 타고 먼 곳 다녀와
다시 정선에 닿고 싶다

여태까지 살아남은 긴 가락처럼
굽이굽이 동강을 거쳐

다시 봄볕 맞으며 할랑할랑 마음 녹이고 싶다

## 홍조(紅潮)한 세상

한 잔의 둥근 달이 뜬다

부끄럽게 조심스럽게 떠올라
다정하게 한밤을 감싸안는다

두 눈빛 사이에 뜨는
붉게 물든 한 잔

두 가슴 사이에 뜨는
충만한 한 잔

연민 사이에서 멈추는
한 잔의 눈물이 뜬다

우리 사이에서
무르익는 공간이
누룩이든 첫 만남이든

노을빛처럼 푹 익을 때까지
끓고 또 끓어오르는
홍조 한 세상을

출렁 한 잔으로 지나간다

## 한숨 자는 사이

분노가 일 때는 한숨 자고 생각하라는 그대여
그대로 인해 오늘 하루도 난 잠만 잤다

잠 속에서도 잠만 잤다

잠깐 깨어났어도 눈은 떠지지 않았고
분노는 눈꺼풀 위를 현란하게 날아다녔다

밖은 출렁이고
안은 침몰중이고

비바람은 불고
바람끼리도 못 믿겠다고 운다

우는 바람들이 우는 일 말고
무슨 생각을 할 수 있을까

내가 대신 생각해주어야지 마음먹다가도
나도 따라 울고 싶어지는데

한잠 자는 사이에 한숨은 너무 깊게 흐른다

# 데스밸리

누군들
하루에도 수천 번 데스밸리를 다녀오는
부부가 아니겠는가

누군들
겨우 빠져나와 바라보는 밤 별들이 너무 아름다워
눈물이 저절로 흐르지 않겠는가

자연은 이미
구르는 돌같이 풀들이 구르는
사막인데

사람은
두 사람이 함께라서
서로 바람 부는 사막인데

바람과 오랜 짝이 된 데스밸리는

더불어 오래 살아
색이 바래서 저렇게 아름다운 것인지

해설

## 사랑의 장소

안서현(문학평론가)

이사라 시인의 시 세계는 '붙잡다'라는 말과 잘 어울린다. 사람, 삶, 사랑에 대한, 스쳐가는 진실을 언어로 붙잡아내는 시적 포착이 내내 시인의 장기였던 것이다. 사람, 삶, 사랑의 어원은 모두 '살-'이라 했던가. "그래 살아 있었던 기억// 만져지는 것들이 언제나 꿈속 구름이었어// 다정한 너를 두고// 나는 구름의 헛것처럼/ 세상을 더듬었나봐// 몰캉몰캉 세상의 살들은/ 다 어디로 갔을까?"(「살」)이라는 구절들이 말해주듯, '사람이 살면서 사랑하는' 이야기를 '살'처럼 몰캉몰캉한 말로 붙잡아온 것이 시인의 시다. 인생에 대한 사유와 통찰을 다정(多情)과 실감으로 전달하는 목소리이다.

　때로 시인의 시는 '시간'이라는 주제하에 읽히기도 했다. 그러나 이 글에서는 시간이 아니라 '공간', 그것도 물리적 의미의 공간보다는 우리 서로가 깃들고, 머물고, 남겨지게 되는 존재의 거처에 대한 유비로서의 공간 이미지를 중심으로 이번 시집의 시들을 갈무리해보고자 한다. 가령 "네가 찾은 황무지가 나이기를"(「황무지」) 바라왔다는, "너의 허공 속에서 한세상"(「사람의 사랑」)을 다 살았다는 시인의 화법에 귀기울여보자. 서로를 거처로 삼아드는 것이야말로 궁극의 사랑의 표현이겠다.

　이 시집에서 존재의 처소, 그 사랑의 공간은 다시 세 가지로 나누어볼 수 있다. '자리' '뒤편' 그리고 '사이'라는 시인만의 공간 시학적 분류다. 시 속에서 펼쳐지는 이러한 '살'들의 공간, 그 시적 탐구는 결국은 존재의 뿌리에 대한 것이며, 또 관계의 본질에 대한 것이고, 삶의 숙연한 진실에 대한 것이기도 하다. 이러한 읽기를 통해 결국 우리는 이 시가 지닌 인간학적 깊이를 가늠해보게 된다.


## 사람의 자리, 뭉클 다가오는

'자리'의 어원은 '심어진 곳'을 뜻한다고 한다. 그래서일까, 마침 「다시 눈길을 주다」에서 시인은 지는 봄꽃을 보고 있다. "한 시절 살다 지는 그 자리에 눈길을 주"고 있다. "우리는/ 입술에 내려앉은 뭉클한 세월을 지나며/ 서로 등이 붙은 듯/ 자신의 앞을 보고 살지만", "그래도/ 눈길을 줄 수 있는 진 꽃들이 있어" 눈을 돌린다는 것이다. 그러한 바라봄 역시 결코 쉽지만은 않은 하나의 기적이다. 한 세월이 우리의 "입술에 내려앉"는 그 "봄 시간"에야, 흩날리는 꽃잎이 우리의 주의를 환기해야 비로소 가능해지는 일이다.

그런데 더 놀라운 두번째 기적은 바로 사람이 서로에게 다가간다는 일일 것이다. 시인은 「사랑」에서 꽃은 제 '자리'를 지키며 사랑을 하지만, 사람은 서로에게로 갈 수가 있다는 사실에 대해 썼다. 꽃의 사랑과 인간의 사랑을 대비하였다. 그리고 "사람이 꽃이 아니길/ 참 다행이다"라고 썼다.


사람이 사람을 사랑하고

꽃이 꽃을 사랑한다

사람이 사람에게 사랑스럽게 다가가는 동안
꽃은 그 자리에서 서로 눈빛으로 사랑한다
—「사람」 부분

그래서일까, 이 시집에서는 '오다'와 '가다'라는 동사가
유독 자주 눈에 띈다. 온다는 기적, 그것이 사람의 사랑이
다. 그것은 따라서 동사적 국면이다. '나'라는 장소에 도착
하는 것, 그만큼 지난한 사랑의 과업, 그보다 강렬한 사랑
의 사건은 없다.

저녁이 쉽게 오는
사람에게
시력이 점점 흐려지는
사람에게
뭉클한 날이 자주 온다

(……)

사랑이 폭우에 젖어
불어터지게 살아온
네가

나에게 오기까지
힘들지 않은 날이 있었을까

—「뭉클」 부분

한편 사람의 사랑은 꽃의 사랑과는 반대이다. 자리를 '지키는' 사랑이 꽃의 사랑이라면, 자리를 '옮겨오는' 것이 사람의 사랑이다. "꽃이 스쳐가는 바람과 함께 너에게 "(「사람」) 오는 것이 꽃이 지는 마지막 순간이라면, 사람은 바람의 힘을 빌리지 않더라도, 또 봄날의 절정 같은 특별한 순간이 아니더라도 상대에게 올 수 있다. 그것은 서로의 마음속 '자리'로 옮겨 '심어진다'는 것을 의미할 것이다. 꽃의 사랑이 자리를 '지키는 사랑'에서 출발하여 마지막 순간에 비로소 자기 자리를 떠나 상대에게 내려앉을 수 있는 '찾아오는 사랑'이 된다면, 사람은 우선은 상대를 '찾아오는 사랑'을 하지만, 생의 절정에 이르면 자신의 자리를 '지키는 사랑'을 한다. 사람이 산다는 것은 자기가 심어질 마음의 자리를 찾는 일인지도 모른다. 꽃이어서 다행이라고 바꾸어 말할 수 있는 역설의 공간이 열린다. 그래서 시인은 사람의 최후의 사랑을 '압화'에 비유했다.

그러다가
사라지는 부피
압화(壓畵)로 남을

두 사람의 어깨가 때로
　　안팎의 문처럼 열려진다

　　황혼빛 아름다운 등뒤에서
　　두 사람이
　　그림자로 드리워진다

—「두 사람」 부분

　그리하여 인간의 사랑은 마지막 순간에는 꽃의 사랑으로 돌아갈 뿐 아니라, 꽃의 사랑을 이기는 것이다. 꽃이 사라지고 나서도 선명한 압화로 남기 때문이다. 이렇게 스러짐을 견디고 '남을' 수 있는 '자리'는, 허무를 위로받을 수 있는 사랑의 유토피아가 된다.


## 사람의 뒤편, 흐지부지 사랑하는

　흔히 하는 말, 사람이 '살아간다'는 말에는 왜 '-간다'는 말이 붙어 있는 것일까. 삶을 지닌 모든 것이 결국은 이곳을 '떠나간다'는 운명을 역설하기 위함일까. '살아진다'는 말이 '사라진다'는 말과 한끝 차이인 것도 같은 까닭일까. 그러나 "살아 있었던 기억"은 "살의 기억"이라고 우리를 위로하던 이사라 시인은(「살」), 반대로 '살다 간다' 하더라도 그 사람

은 여전히 기억 속에서 '살아간다'고, 또 '사라지더라도' 사
람은 기억 속에서 '살아지는' 것이라고 위로를 건네는 듯하
다. "살의 기억"은 그렇게 선연한 것이라고 말하는 듯하다.
"그 기억 속에서 그 사람이 웃는다", "그 사람을 기억하는
모든 사람이 죽었을 때/ 그때서야 그 사람 죽는다고 말한
다"(「그 사람이 웃는다」)는 구절에, 분명한 현재의 동사상
으로 생의 지속의 이미지를 포착해두었다. 존재의 '뒤편'에
서 생은 연속되는 것이다.

　　그때는 몰랐어도 뒤늦게 알게 되는
　　순간의 세계가 있지

　　옛 사진첩을 꺼내보는 갈피에서 툭 떨어지는

　　어느 여름날
　　유행하던 꽃무늬 블라우스를 입고
　　정면을 향해 웃고 있는 그녀
　　그때는 그녀만 보였는데
　　지금 보니
　　클로즈업 된 상반신의 그녀 뒤로
　　원근법적으로 자그맣게 사람이 지나가네

　　그녀의 배경이 된 모르는 그 사람

그러나 보폭만은 성큼 큰 그 사람
그는 그의 앞만 보고 가네
그녀의 정면과는 또다른 그의 정면을 응시하는 걸
이제야 나는 보네

—「옛 사진첩」 부분


위 시 속의, '지나간다'는 말 역시 쓸쓸하다. '지난다'는
것은 '있다'와 '없다' 사이의 의미를 지니고 있다. 그러나 사
진의 배경 속에서 "지나가"고 있던 사람은, "오랜 시간 지
나서", 문득 "옛 사진첩 갈피마다 피어"난다. "순간의 세
계" 속에서 "살아나는" 것이다. 이렇게 '뒤편'의 원근법 속
에서 포착된 존재들이 살아가는, '뒤편'의 세계가 따로 있
다는 것, 이러한 비밀의 공간이 열린다는 것은 또다른 위로
가 된다.


기억 저편의 한겨울
검은 외투를 입은 가장이
귀가하는 저녁
늘 그러하듯 밤새 닳은 대문
문턱 저편
어린것들은
나무 조각으로 집 짓고 논다

그 가장은 종일 굽혔던 무릎을 다시 굽혀
바람 묻은 긴 외투 속으로
어린것들과 집을 짓는다

　　　　　　　　　　　　　—「옛집」부분


　기억 "저편"에서, 문턱 "저편"의 세계에서 무한히 "옛집"
이 다시 지어져 우리를 불러들인다고, 그곳에서 영원히 "집
을 짓는 법과" "그 집에서 사는 법"이 전해진다고 시인은 썼
다. 그러한 우주적 시간이 우리의 '뒤편'에 놓여 있다는 것이
다. 존재가 기원한 곳이자, 존재가 귀의할 곳일 터이다. 이렇
듯 우리의 '뒤편'에 있는 어떤 연속적 공간에 대해 이야기하
는 것이 큰 위안이 됨을 우리는 깨닫는다.


　잘살아
　노랑 풍선 띄워줘
　멀리 멀리 널리

　그리고 흐지부지

　나를 지워줘
　너를 살리고 싶어, 제발

　뒤 없이도 사는 거야 흐지부지

노란 별들이 하늘 가득하도록 흐지부지

사랑했다 흐지부지

―「그렇게 흐지부지」 부분

뒷모습이 종종 누군가의 가장 다정한 모습이자, 가장 생생한 모습이라는 것을 우리는 알고 있다. 그러한 뒷모습이 없이 떠나는 존재가 있다면, 그는 비정한 사람이거나 금세 잊힐 것이다. 그러나 뒷모습 없는 사람이 오히려 더 큰 다정함과, 더 큰 생생함으로 남을 수도 있다는 것을 이 시를 통해 우리는 깨닫게 된다. 뒷모습을 남기지 않고 떠난 존재를 생각할 때의 슬픔을, 이 시는 "흐지부지"의 사랑으로 바꾼다. 연속의 공간, 사랑의 무한 우주가 열린다.

이것은 동사적 국면이 아니라 부사적 차원에서 포착되는 사랑이다. 동사가 사람의 몸을 매개로 이루어질 수 있는 어떤 동작성을 강조함으로써 사랑에 인간적 뉘앙스를 풍부하게 불어넣는다면, 부사어는 어떤 사랑의 공간, 가령 존재의 '뒤편'이 열어젖혀지는 개방적 순간을 기입해 넣음으로써 어떤 에피파니(현현)을 경험하게 한다. "뭉클" 혹은 "뭉텅", 혹은 "흐지부지"와 같은 부사어에 의해 우리는 사랑에 의해 어떤 영원의 세계가 열리는 개방적 순간, 혹은 사랑에 의해 커다란 슬픔이 사랑으로 바뀌는 전환적 순간을 느끼게 된다.

## 사람의 사이, 두근두근 피어나는

가까운 사이도 '사이', 사랑하는 연인들의 사이도 '사이'
다. 아무리 사이가 좋아도 결국은 어떤 관계든지 '사이'를 지
닌다는 것이다. '사이'는 거리를 의미하기도 하고, 그래서 불
화를 상상하게 하기도 하지만, 한편으로는 무언가가 깃들 수
있는 틈이고, 생명력이 흘러넘칠 수 있는 공간이다. "사람이
아니라 사람'들'일 때// '들'에는 언제나 틈이 있다"고 노래
한, "광장이 그래서 숨을 쉬나"(「사람들」)라고 노래하는 시
인은 물론 그 사실을 알고 있었을 것이다.

서로 등을 보이며 헤어졌지

등에 혹이 생기고
쌍봉이 되고 우리는

날마다 사막을 걷는 꿈속에서
눈물에 젖고 햇빛에 마르고 또 젖는 동안

밤마다 헛꿈, 헛사랑, 헛헛, 흐흑

그런데도
사이의 것들은 스스로 사랑을 하고

141

부화의 시간이 곧 올 것만 같아

—「DMZ」 부분

사이의 땅인 DMZ는 꽃을 피우는 사랑의 장소이다. 유예
와 정전의 땅이지만, 생명과 창조의 땅이기도 하다. 이러한
전환의 공간, 사랑의 지상 낙원이 펼쳐지고 있다.

사람 따라 봄이 오는지
가족공원에 봄바람이 분다

사람들이 피워올리는
봄꽃 사이사이
지난해부터
또 오래전부터
아픈 꽃들도 섞여 핀다

올망졸망한 가족들 사이사이
몸이 아픈 사람
마음이 아픈 사람 곁에
신이 한 분 내려앉아 있는 듯

내 심장 두근두근 두드린다
옆을 보라고

뒤를 보라고

가족 아닌 사람이 어디 있냐고
가족 아닌 꽃들이 어디 있냐고

아픈 사람들 사이사이 꽃들이 피고
자꾸 신들이 지상에 내려온다
이 봄

—「내 심장은」전문

'사이'가 삶의 장소라면, '사이사이'는 그 삶'들'이 함께하
는 세계가 된다. 그리하여 '사이사이'는 삶들의 사이에 아픔
이 깃드는 곳, 꽃이 피는 곳이 된다. 그리고 심장이 뛰는 것
을 느끼며 살아 있는 나를 확인하는 곳이다. 동시에 이곳은
신들이 지상에 내려와 마음을 두드리는 자리이기도 하다.
치유의 사랑, 그것을 실감하는 부사가 바로 '두근두근'이다.
　결국 이 시집에서 '자리' '뒤편' '사이'는 모두 사랑의 장
소였다. '찾아오고' '집을 지어 살고' '두드리는' 동사적 사
랑이 있었고, '뭉클' '흐지부지' '두근두근'의 부사적 세계
가 있었다. 사랑의 '역설' '지속' '전환'이 그곳에는 있었다.
　그리고 이 시적 공간에는 시인의 사랑의 사람, 사람의 사
랑에 대한 믿음과 실감이 가득하다. 이 시집에 넘쳐흐르는
시인의 눈길이 발견한 것은 다음과 같은 사실이 아닐까. 모

든 사람, 아니 어떤 한 사람은, 저녁이 쉽게 오는 사람을 위
한 사랑의 장소이다.

**이사라** 1981년『문학사상』을 통해 등단했다. 시집으로 『히브리인의 마을 앞에서』『미학적 슬픔』『숲속에서 묻는다』『시간이 지나간 시간』『가족박물관』『훗날 훗사람』 등이 있다. 대한민국문학상을 수상했다. 서울과학기술대학교 문예창작학과 교수를 거쳐 지금은 명예교수로 있다.

문학동네시인선 105
**저녁이 쉽게 오는 사람에게**
ⓒ 이사라 2018

1판 1쇄 2018년 5월  8일
1판 7쇄 2023년 8월 28일

지은이 | 이사라
책임편집 | 김민정
편집 | 김필균 도한나
디자인 | 수류산방(樹流山房)
본문 디자인 | 유현아
저작권 | 박지영 형소진 최은진 서연주 오서영
마케팅 | 정민호 한민아 이민경 안남영 김수현 왕지경 황승현 김혜원 김하연
브랜딩 | 함유지 함근아 박민재 김희숙 고보미 정승민 배진성
제작 | 강신은 김동욱 이순호
제작처 | 영신사

펴낸곳 | (주)문학동네
펴낸이 | 김소영
출판등록 | 1993년 10월 22일 제2003-000045호
주소 | 10881 경기도 파주시 회동길 210
전자우편 | editor@munhak.com
대표전화 | 031) 955-8888  팩스 | 031) 955-8855
문의전화 | 031) 955-3576(마케팅), 031) 955-2678(편집)
문학동네카페 | http://cafe.naver.com/mhdn
인스타그램 | @munhakdongne 트위터 | @munhakdongne
북클럽문학동네 | http://bookclubmunhak.com

ISBN  978-89-546-5114-1 03810

www.munhak.com

**문학동네**